CW00417534

FRANCISCO CASERO VIANA

El lugar
de los niños
sin nombre

RELATO CORTO

Basado en una historia real

Título: **El lugar de los niños sin nombre**
© Francisco Casero Viana
Octubre 2013
Enero 2015
Mayo 2018

Diseño de portada: Alexia Jorques
Edición y maquetación: Alexia Jorques

Agradecimientos

A mi esposa Dolores y a mis hijas María Dolores, Sofía y Carolina por la paciencia que han tenido conmigo en determinados momentos, y la ayuda que han supuesto sus consejos en el proceso de escritura de este cuento corto

Dedicatoria

Esta obra está dedicada especialmente a mi nieto David Calafat, y a todas las madres que se hayan podido encontrar en una situación semejante.

CAPÍTULO ÚNICO

Aquel ángel, imagino que debía ser como todos los ángeles, con aspecto juvenil, esbelto, de pelo ensortijado, rubio y cara redonda. Ese día, con sus alas extendidas y envuelto en un halo luminoso, descendía por aquel fulgor que llegaba hasta la sala de la UVI del hospital infantil. En esta ocasión debía recoger el alma de un niño, rubio como él, que había nacido hacía ocho días y terminaba de fallecer víctima de la irresponsabilidad humana. La historia se repetía una y otra vez.

Acercándose a aquel cuerpecito conectado a tubos y goteros que yacía dentro de aquella incubadora, inmóvil, vio que su alma, pequeña como su cuerpo, vagaba cerca del techo de aquella habitación, mirándolo todo desde la altura en la que se hallaba, tiritando y con cara de espanto.

Se encontraba perdido.

El alma del pequeñín no alcanzaba a comprender lo que había pasado. Desde hacía muchos días, incluso en el vientre de su madre, no había hecho más que padecer.

Llegado el momento, él quería nacer, salir a la luz y que su madre le abrazase, percibir su olor, notar su calor y el latido de su corazón cuando ella le acunase y le sujetase contra su pecho.

Una vez lo intentó, cuando el vientre de su madre, incapaz de sostener el peso de su cuerpo, inició las contracciones para que él naciese, y después de colocarse en posición, otras personas manipularon el seno materno en el que se hallaba suspendido, frustrando su intento, dejándole finalmente con un fuerte dolor de cabeza que ya no le abandonó.

Días más tarde se volvieron a producir las contracciones, lo intentó de nuevo y alguien se lo volvió a impedir haciendo que el dolor que sentía se hiciese más fuerte, para forzarle horas después a que saliera a la luz, pero no de la forma natural que debía haberlo hecho, sino abriendo el vientre de su madre. Cuando le saca ron del claustro materno un frío intenso se apoderó de su pequeño cuerpo, para, poco después, dejar de tener ya ninguna sensación.

Ese día, como si hubiese despertado de un sueño ocupado solamente por una terrible oscuridad, se vio fuera de su cuerpecito, flotando alrededor del él, sin separarse mucho, mientras lo trasladaban de un lugar a otro. Un fino cordón blanco, brillante, le mantenía unido a su cuerpo terreno, mientras aquél estaba encerrado dentro de una caja transparente y era llevado a otro lugar lejos de su madre. Él quería que ella le diese de nuevo el calor que le había estado proporcionando mientras estuvo en su vientre, pero, ella, en otra parte, no podía hacerlo.

El ángel se acercó a aquella alma errante y le tomo de la mano.

Entonces, solo entonces, desapareció el frío y el miedo que le habían estado invadiendo.

—¿Eres tú mi madre? —preguntó el alma del niño.

—No. Soy un ángel. Vengo para llevarte al lugar donde debes estar.

—Pero..., yo quiero estar con mi madre y con mi padre —respondió el alma del niño.

—Eso ya no puede ser. Tu cuerpo, ese que ves allí abajo, ha muerto, ya no te pertenece. Tú, ahora, sólo eres el alma, y sin cuerpo no puedes estar en el mundo de los vivos.

—Pero... ¿por qué? —preguntó de nuevo el alma del niño—. ¿Dónde están mis padres?

—¿Quieres verlos antes de que nos vayamos? —preguntó el ángel.

—Sí. Quiero verlos y que mi madre me abrace —contestó otra vez el alma del niño.

—Eso no va a poder ser. Sólo podrás verles antes de que te lleve conmigo.

—Pero..., ¿por qué me ha ocurrido esto? ¿Por qué me dan la vida y luego me la quitan? —preguntó otra vez el alma.

—No está en mí contestarte a esa pregunta —dijo el ángel—. ¿Quieres saber alguna otra cosa antes de que nos vayamos?

—¿Vas a poder contestar? ¡Hay tantas cosas que quisiera saber! ¿Quién me ha creado? ¿Quién me ha quitado la vida? ¿Quién...? —se disponía el alma a formular otra pregunta, cuando el ángel le interrumpió diciéndole:

—Son ésas muchas preguntas para las pocas respuestas que te puedo dar, pero, si quieres, podemos hacer una regresión en el tiempo, partiendo del momento en que tus padres te concibieron, y…, posiblemente, veas con tus ojos lo que me estás preguntando. ¿Quieres?

—Sí —respondió ansiosa el alma del niño—. Y cuando lo sepa todo iré contigo.

—Pues mira hacia allá —le dijo el ángel, señalando hacia un lugar impreciso de la cercana pared.

—En el dormitorio de aquella casa, en una calle de una ciudad cuyo nombre no viene al caso, una pareja se expresaba el mutuo amor, mientras en la habitación contigua, dos niñas de siete y cinco años respectivamente dormían profundamente. Al día siguiente la rutina de todos los días continuaba repitiéndose sin ninguna alteración para la pareja. Él continuaría saliendo de viaje, como cada semana, para regresar a casa con su familia los viernes por la noche; ella seguiría atendiendo las labores del hogar y a sus dos hijas, vigilante sobre todo con la pequeña por la salud enfermiza que tenía. Ambas niñas habían nacido prematuras; la mayor sietemesina, la pequeña seismesina. Ninguna razón aparente había para que los embarazos no llegasen al termino de los nueve meses de cualquier gestación normal, y los médicos, la única explicación que daban, era que el útero de la mujer, alcanzado cierto volumen, no podía aguantar el peso que suponía el feto más el líquido amniótico y de forma natural sobrevenía un parto prematuro. Pero ella no estaba conforme con la explicación.

Quince días después de aquella noche en que la pareja se demostrase el amor recíproco, en la misma cama de la misma habitación, ella, la mujer, con lágrimas en los ojos, no pudiendo ocultar por más tiempo la angustia que sentía, apoyando su cara en el pecho de él, le dijo mientras rompía a llorar en silencio y sus lágrimas iban empapando lentamente el torso del hombre.

—Estoy embarazada otra vez

Él la abrazó con fuerza en un intento doble de transmitirle cariño y protección, preguntándole a continuación:

—¿Qué piensas hacer?

—Tenerlo, por supuesto. Aunque me vaya la vida en ello. ¿Acaso no me conoces?

—Claro que te conozco y sé lo mucho que vives y disfrutas tus embarazos, pero es lamentable que no lleguen a su tiempo. Después, con la criatura en la incubadora vienen los sacrificios y las torturas psicológicas mientras le ves en aquel lugar con tubos y goteros por todo su cuerpo, con aquellas señales inconfundibles de pinchazos que le han realizado para extraerle sangre para los análisis o señalando el lugar donde había estado colocado el dosificador anterior, con la incertidumbre que te provoca el no saber si saldrá adelante o morirá. Y si ocurre como con nuestras pequeñas, eso puede durar de uno a tres meses o más, viviendo con la angustia enquistada en el cuerpo día tras día. ¿De verdad crees que merece la pena seguir adelante?

—Sí —respondió ella categórica, con una firmeza no exenta de rabia, mientras alzaba el rostro del pecho de su marido y con un gesto firme, mirándole a los ojos, secó las lágrimas que empañaban los suyos y resbalaban por sus mejillas—

—Merece la pena intentarlo. Hay que luchar por ello.

—Se hará lo que tú quieras. Buscaremos un ginecólogo privado para que te controle todo el embarazo. ¿Te parece bien?

—Me parece bien —contestó la mujer con aplomo—. Hay que hacer lo imposible para que este embarazo llegue al final.

—Averigua quién te puede recomendar uno de confianza y pides fecha para la primera consulta —le dijo el marido—.

—Entre esperanzada y angustiada al mismo tiempo, hizo las gestiones oportunas. Le habían recomendado uno que, además de su consulta particular, era el jefe del servicio de ginecología de un importante hospital de la ciudad.

En la primera consulta, el ginecólogo abrió ficha de la paciente y mandó un análisis de orina para determinar la fecha aproximada en que se produjo el embarazo y precisó fortalecer a la mujer con unas vitaminas que le recetó, no sin antes asegurarle que:

—¡Este embarazo llegará a su término a los nueve meses, de eso me ocupo yo!

La ilusión y la confianza volvieron a la embarazada. Su rostro se relajó y desaparecieron la pesadumbre, la tristeza y la inseguridad que le habían embargado desde que tuvo la certeza del embarazo, transmitiendo al marido sus impresiones.

—Si venía al mundo otro hijo más, pero venía bien, ¡bienvenido!

—¡Y sino, también! —dijo ella con resolución.

—Las siguientes consultas se realizaron acorde con la programación realizada por el médico, quién al cabo de los tres meses, en una ecografía, determinó que el feto se desarrollaba de forma normal y el tamaño era el adecuado al tiempo de embarazo. Una mañana, la mujer despertó de un sueño que había tenido, llorando desconsolada.

—¿Qué te ocurre? —preguntó el marido, alarmado, al verla en semejante estado.

—Ha debido ser una pesadilla. No creo que pueda haber sido otra cosa —dijo ella entre lágrimas—. He soñado que estaba durmiendo en la cama, en nuestra cama. La luz de la farola que hay en la acera, se filtraba a través de las láminas de la persiana entreabierta, la de la ventana que da a la calle, dejando la habitación en una media luz —ya lo viste anoche—. Sobre las dos de la madrugada me desperté sobresaltada y todo estaba oscuro de momento, pero cuando mis ojos se acostumbraron a esa penumbra, he podido apreciar una sombra etérea que se acercaba a la cama mientras parte de ella se desvanecía en jirones para recobrar su forma inicial instantes después. Se mantuvo quieta a los pies de la cama, mirándome. Después se sentó en mi regazo.

Hasta he llegado a notar como el colchón adoptaba la forma de su cuerpo al sentarse. Aquel ser me ha estado mirando largamente sin que yo pudiese llegar a articular palabra. Estaba como inmovilizada, mirando aquella difusa aparición que parecía querer decirme algo. Al cabo de un tiempo que no puedo precisar, se ha marchado tal y como ha venido. Sin decirme ni hacerme nada. Me ha costado mucho pero poco a poco me he tranquilizado y me he vuelto a dormir, aunque bastante inquieta, y entonces he soñado que tenía un niño precioso, rubio como tú, y poco después he vuelto a ver a mi hijo en un cajón, envuelto en una sábana de color verde. ¡Muerto! —dijo entre sollozos.

—No hagas caso de eso —le dijo el esposo, mientras la abrazaba en un intento de ofrecerle consuelo—. Se trata de una pesadilla motivada por la preocupación que tienes por este embarazo.

—No lo creo —contestó la mujer—. Era todo tan real. La sombra que se sentó en mi regazo se parecía a mi abuela Benedicta, que Dios tenga en su Gloria. Era como si me hubiese querido advertir de algo. No tuve temor de ella, pero el solo pensamiento de que al ser que llevo en mis entrañas le pudieran pasar algo me hace estremecer de horror.

—Procura no pensar en ello —le dijo su esposo–. Verás cómo todo irá bien.

Tres meses más tarde, cuando la embaraza da había sobrepasado los seis meses una noche, a las dos de la madrugada, sin previo aviso, un dolor en el vientre la despertó y la puso en guardia. Algo podía no ir bien –pensó–. Un nuevo dolor al cabo de unos diez minutos le con firmó su presentimiento —aquello habían sido dos contracciones en diez minutos escasos.

—¡Dios mío, otra vez, no! –exclamó la mujer preocupada y en voz alta.

—¿Qué ocurre? –preguntó el marido, despertando alarmado.

—He tenido dos contracciones. Me temo que estoy de parto –respondió–. Estoy aterrorizada.

—¿Estás segura?

—¡Claro! ¿Cómo no voy a estar segura de lo que son dolores de parto después de haber tenido dos hijas y haber sufrido un aborto? —dijo la mujer angustiada–. ¿De qué nos ha servido que me tratase un ginecólogo en su consulta privada? ¡Dios mío!

—¿Seguro que no estarás equivocada? –insistió de nuevo el marido.

—¡No! ¡No lo estoy! —contestó ella, alterándose un poco.

—Bien. En este caso, tendremos que hacer los preparativos para ingresarte en la clínica — aconsejó el marido—. Vigila la periodicidad de los dolores.

Al cabo de media hora, ya no cabía duda. Las contracciones eran cada vez más frecuentes. Ahora se producían cada seis minutos, no perder más tiempo y salir con el coche hacia la clínica, privada también, que se les había asignado para casos de emergencia.

—Ahora, solamente quedaba por ver, quién se podría quedar con las dos niñas mientras ellos estaban fuera —pensó el marido en voz alta—. Arrópalas bien y las llevamos a casa de mi madre antes de pasar por la clínica. Ella se las quedará.

Una vez en la clínica, previos los trámites de ingreso, fueron atendidos por una enfermera mientras esperaban que llegase la comadrona.

Esta se presentó al cabo de media hora, y después de reconocerla, pensando que el parto estaba bastante adelantado, le inyectó un calmante que le paralizó los dolores a fin de dar tiempo a que llegase el ginecólogo que la había estado tratando y que la tenía que atender en el parto. Pero el tiempo fue pasando sin que nadie más diese señales de vida.

A las ocho de la mañana llegó el ginecólogo, y después de realizarle un reconocimiento, preguntó a la mujer:

—¿Has vuelto a tener más contracciones desde esta madrugada?

—No desde que me han inyectado –contestó ella, confiada.

—Bien. En el reconocimiento he podido apreciar, que el cuello del útero no presenta apenas dilatación. Ahora tomarás un sedante y te voy a recetar una medicación que deberás tomar tal y como te indico en la receta, debiendo seguir un reposo casi absoluto. Vamos a mantenerlo todo el tiempo que haga falta –explicó el médico–. Voy a firmar el alta clínica y te podrás ir a casa dentro de un momento.

Los esposos asintieron. ¿Qué iban a hacer? Ellos no entendían y regresaron a su domicilio.

La mujer siguió al pie de la letra las recomendaciones de su médico. La madre de ella se trasladó al domicilio de la hija para ayudarle en el gobierno de la casa mientras ella realizaba el reposo recomendado. Todo era poco para que su hijo viniese al mundo como en cualquier embarazo normal.

Pasaron los días y a los que hacía dieciocho desde aquellos primeros dolores de parto se presentaron de nuevo las contracciones. Otra vez el ingreso de urgencia en la clínica. Esta vez a las tres y media de la madrugada. La mujer se retorcía con cada contracción, cada vez más frecuente. Pero por allí, salvo las   enfermeras de la planta, a las que se recurría con frecuencia debido a los dolores que sufría la mujer, no apareció ninguno de los verdaderamente responsables de su atención y aquello exasperaba al marido y deprimía a la mujer.

La comadrona se presentó a las ocho de la mañana. Reconoció a la parturienta y, aunque las contracciones se presentaban cada tres minutos y el cuello del útero presentaba seis centímetros de dilatación, volvió a ponerle otra inyección del mismo calmante que en la ocasión anterior para que remitiesen las contracciones. Después se encaminó hacia la puerta, diciéndole desde allí a la mujer y a su esposo:

—Yo me marcho ahora. A las nueve de la mañana tengo otro parto, cuando termine volveré.

El doctor vendrá tan pronto termine su consulta. No se preocupen. Con la inyección que le he puesto los dolores tardaran bastante en presentarse de nuevo.

La pareja se quedó bastante extrañada por aquel comportamiento, exigiendo el marido que le informasen sobre la sustancia que habían inyectado a su mujer. A las doce y media de la mañana se presentó en la habitación de la clínica el ginecólogo, quién se quedó también extrañado de que la matrona se hubiese marchado antes de las nueve, después de haberle paralizado las con tracciones y todavía no hubiese regresado. El esposo pidió explicaciones al ginecólogo, exigiendo un trato más acorde con las circunstancias, pues a su entender, estaban en juego la vida de su esposa y la del hijo que venía en camino. Una enfermera de la planta que entraba en ese momento en la habitación portando un estetoscopio, al oír el comentario del médico sobre la matrona, ignorante del resto de la conversación, dijo:

—Me comentó que tenía un cursillo en la clínica "La Cigüeña" a las nueve de la mañana y que regresaría cuando terminase.

El médico pasó a la mujer a la sala de paritorio y, después de colocarla en el "potro" de partos le inyectó en el cuello del útero para volver a provocar las contracciones y conseguir que dilatase. Media hora más tarde llegó la comadrona, y, el médico, llevándola aparte, le reprendió su conducta por impropia, indicándole que se hiciese cargo de la parturienta y no se apartase de ella hasta que no hubiese parido.

La matrona, con el gesto adusto, molesta por la reprimenda, le dijo a la parturienta, al tiempo que, sin el menor cuidado, le introducía los dedos índice y corazón de su mano derecha enguantada en la vagina para realizar un reconocimiento:

—¿No querías parir? ¡Pues ahora vas a saber lo que es parir!

La mujer se estremeció de dolor ante aquella salvaje agresión pero no dijo nada. Ni un quejido. Solo un par de lágrimas resbalaron por sus mejillas. Pasaba el tiempo lentamente. Nadie, ni el esposo ni la madre de ella quisieron abandonar su compañía. Ni para ir a comer. Las contracciones habían vuelto. Se había iniciado de nuevo el proceso del parto interrumpido por la irresponsabilidad de la comadrona pero la mujer no dilataba. Dos horas más tarde se le volvió a inyectar en el cuello del útero para favorecer la dilatación sin conseguirlo. La mujer, como mucho, exhalaba un gemido en cada contracción. ¡Era dura!

A las ocho de la tarde, en un nuevo reconocimiento, la matrona llamó al ginecólogo para que la reconociese a su vez. Aquello no le gustaba como se estaba presentando. Había dilatado unos centímetros más. La reconoció de nuevo, y en el reconocimiento había palpado una cosa blanda. Parecía que el feto presentaba alguna vuelta de cordón umbilical alrededor de su cuello y por delante de la cabeza. Prolapso de cordón con placenta previa fue el diagnóstico.

Si forzaban un parto natural, el niño podría nacer muerto, estrangulado por el propio cordón y la placenta podría estallar en mil pedazos.

En un nuevo reconocimiento, el médico confirmó sus temores a la matrona. Además, sería un parto seco. La mujer hacía muchas horas que había perdido todas las aguas de su saco amniótico. No había tiempo que perder. El médico estaba nervioso. En primer lugar, porque en un momento dado, recordaba sus palabras –se comprometió a llevar el embarazo hasta el último día de los nueve meses de embarazo.

Luego, las cosas se habían torcido. Más tarde, a la hora de aquél parto prematuro, la matrona que le había caído en suerte por estar de guardia, casi lo hecha todo a perder…, y ahora, esto.

Una cesárea si no quería que la mujer y el niño falleciesen. Y no disponía de anestesista. ¡Lo que faltaba! Salió de la sala y se dirigió al control de enfermeras, para que, por megafonía, preguntasen si había en la clínica algún anestesista que estuviese dispuesto a realizar una cesárea de urgencia. No había tiempo ni para los análisis de rutina. No sabían ni el grupo sanguíneo de la mujer. Cinco minutos después, un hombre se presentó en la sala de paritorio. Le informaron de la situación. Era un anestesista al que habían podido localizar a punto de marcharse a su casa después de haber terminado una intervención. El hombre protestó por la situación. Él no estaba acostumbrado a trabajar así. Era un riesgo enorme. No sabía nada de la mujer, pero, por otra parte, si no la asistía, la mujer moriría. Probablemente pudiesen salvar al hijo, pero casi con seguridad que no a la mujer. Al final, a pesar de los inconvenientes consintió anestesiarla.

El esposo, que había salido de la sala para fumar un cigarrillo, fue advertido por la madre de su mujer de que a ésta la llevaban a quirófano sin haberlo consultado ni informado a nadie. El hombre, molesto por que no le había dicho nada el médico al respecto, y pensando que las cosas podían no ir bien, penetró en el quirófano donde su esposa estaba siendo ya atendida por un anestesista para que se le realizase una cesárea.

Nadie le dijo nada, aún a pesar de que tampoco vestía la ropa adecuada para permanecer en la sala de operaciones. Se situó a un par de metros de la mesa de operaciones, para no interrumpir, a los pies de su esposa.

El médico y la comadrona, después de haberse desinfectado las manos y calzar los guantes quirúrgicos, vistiendo las batas verdes esterilizadas, se colocaron ambos, uno a cada lado de la mesa, y desde el primer corte hasta el último punto, el esposo estuvo a los pies de su compañera.

Vio cómo cortaban piel y músculos, peritoneo y útero; como colocaban separadores para hacer mayor la incisión; como extraían a su hijo cubierto de sangre después de haber cortado el cordón umbilical; como lo lavaban y limpiaban nariz y boca, y cómo rompía a llorar.

Vio, cómo al intentar extraer la placenta por aquella abertura, ésta estallaba en las manos del médico y derramaba su contenido en el interior del vientre abierto de su mujer.

Vio como el ginecólogo, la comadrona y el anestesista, palidecían por aquél nuevo imprevisto. Cómo el médico pedía a voz en grito desinfectante, y vaciaba poco después las botellas, a chorro, en aquel vientre abierto, mientras la comadrona aspiraba el líquido, sangre y los restos de placenta esparcida por aquel vientre seccionado.

Sabía el esposo que la infección estaba a la vuelta de la esquina, como aquel quien dice, pero no se movió del lugar que ocupaba a los pies de su esposa en la mesa de operaciones. Sólo dos lágrimas resbalaron por sus mejillas, cuando, después de limpio, oyó llorar a su hijo, pero continuó inmóvil en el mismo lugar.

Una vez realizada la sutura del vientre, se aplicó un tratamiento intensivo de antibióticos y la mujer salió adelante poco a poco sin que hubiese mayores complicaciones.

Al pequeño, que dio en la báscula el peso de un kilo novecientos gramos, lo llevaron a la incubadora por inmadurez. Al día siguiente, la mujer subió a verle, reconociendo, que, a pesar de la falta de peso, el niño estaba formado totalmente y poseía un cuerpo amplio para lo pequeño que era.

—Será como su padre –decía la mujer, escocida por los sufrimientos que había pasado, pero contenta por tener a su hijo en el mundo–. Bueno. A fin de cuentas, aunque estuviese en la incubadora, dentro de muy poco tiempo lo podría tener en brazos. Igual le había sucedido con sus dos pequeñas. Todo era cosa de acostumbrarse.

Cuarenta y ocho horas después, trasladaban al pequeño a la UVI de la ciudad sanitaria de la seguridad social. Se le había presentado una hemorragia intracraneal debido al sufrimiento del parto, y allí, en la clínica privada, no disponían de medios para atenderle. Así lo atestiguó verbalmente el pediatra de servicio que se hizo cargo de la criatura en la ciudad sanitaria.

Dos días más tarde, en la consulta del médico que atendía al pequeño y que habitualmente tenía con los padres, les dijo:

—Si fuese hijo mío le desconectaría el oxígeno para que muriese. Pero no lo es, y su corazón sigue funcionando. La lástima es, que si sale de esta quedará como un vegetal para toda su vida. Su cerebro está totalmente dañado por el aneurisma cerebral, igual que su sistema nervioso.

¡Lo siento de veras, es un niño precioso!

La noticia fue posiblemente el más terrible golpe que hubiesen llevado los pobres padres en toda su existencia. Ambos se derrumbaron. Ella lloraba desconsolada, mientras él, abrazado a ella, se sumía en la desesperanza.

Una noche, sobre las dos de la madrugada, en la casa sonó el teléfono. La mujer saltó de la cama como impelida por un resorte. Corriendo salió de la habitación, lo descolgó y dijo con voz trémula:

—¿Dígame?

Una voz al otro lado de la línea preguntó:

—¿Es usted la madre de David? Lo sentimos. Su hijo ha fallecido. Lo hemos bajado al depósito de cadáveres. Si quieren verle estará allí. Ahora deben iniciar los trámites para su traslado al cementerio.

—¿Ya tienes la respuesta a tus preguntas? –preguntó el ángel al alma del niño.

—No. Todavía no –contestó el alma–. Necesito saber todo lo que va a ocurrir desde este momento. Cuando todo acabe, iré contigo.

—Conforme –dijo el ángel.

Los padres, desconsolados por la noticia, marcharon al depósito de cadáveres del hospital. Cuando entraron en aquel recinto, en un departamento, sobre una mesa de mármol, se hallaba el pequeño cuerpecito de su hijo tapado con un lienzo verde. La mujer, al verle, rompió a llorar de nuevo mientras decía, abrazándose al marido:

—Es tal y como lo vi en mi sueño. Eso era lo que el espíritu de mi abuela me quiso decir cuando vino a verme y se sentó en la cama. Pero por qué Dios se lo ha tenido que llevar y por qué le ha tenido que hacer sufrir tanto.

—Si yo pudiese contestarte a eso, pero..., no lo sé. Esa misma pregunta me hago yo. Sólo sé, que Dios escribe recto con renglones torcidos –contestó el esposo.

—¿Puedes tú contestar a esa pregunta? –dijo el alma, dirigiéndose al ángel.

—Es otra de las preguntas a la que no puedo responder. Pero, te aseguro, que cuando lleguemos al lugar donde vamos, tendrás respuesta a todas las preguntas que puedas formular, sin que haga falta que nadie te conteste.

—¿Y adónde me llevas? –preguntó el alma del niño.

—Al lugar de los niños sin nombre –respondió el ángel–. Al lugar donde van todas las almas puras de los niños que no han sido bautizados.

—¿Qué va a pasar ahora? –preguntó el alma.

—Cogerán tu cuerpo, lo meterán en un ataúd y lo enterrarán. Con el paso del tiempo, tu cuerpo se convertirá en polvo. Tus padres, aunque no te olvidarán nunca, se irán haciendo a la idea de que ya no regresarás jamás.

—¿Es eso cierto? –preguntó el alma.

—Puede que sí, puede que no –respondió el ángel.

La mujer, entre tanto, también se hacía una serie de preguntas que empezaban con un por qué, y que tampoco tenían respuesta. El marido, como buenamente podía, intentaba calmar a su esposa y contestaba sin poder afirmar rotundamente lo que él ignoraba, pues, a su vez, él mismo se hacía la misma serie de preguntas.

—¿Dónde estará ahora? –preguntó de nuevo la mujer, angustiada por el dolor.

—Imagino que en el "Limbo" –contestó el marido.

—¿Es allí donde vamos? –preguntó el alma del niño.

—Si lo quieres llamar así, allí es donde te llevo –respondió el ángel, al tiempo que le decía: ¡Vamos! ¡No nos queda tiempo!

—Sólo una última pregunta. ¿Tanto dolor para qué? preguntó el alma.

El ángel no respondió, y tomando la mano del alma del infante inició el ascenso hacia aquel lugar. Desde ese momento las imágenes se borraron para el alma. El halo luminoso por el que había descendido el ángel cuando fue a recogerle apareció de nuevo y, como si les succionase hacia su interior y una corriente cálida los impulsase hacia algún lugar, se sintió el alma confortada.

Al cabo de unos instantes que bien podrían haber sido años, el alma se encontró sola. Miró a su alrededor. No había nada. No había luz, ni oscuridad, ni penumbra. Era algo indescriptible. Sin embargo, no se encontraba mal.

Una ligera vocecilla parecida a la suya, sin saber de dónde venía, le preguntó:

—¿Quién eres tú?

Instantes después, una ligera y pequeña figura incorpórea se fue formando a su lado. Se asemejaba bastante a él.

—Soy el alma del niño David. Eso me ha dicho el ángel que me ha traído hasta aquí. ¿Y tú, quién eres?

—Soy el alma de otro niño, muerto como tú, a los pocos días de nacer.

—¿Y tu nombre?

—Qué más da. Nuestros nombres, aquí no nos sirven de nada. Solamente se emplean en la vida.

—Pero yo no quiero morir. Quiero estar con mis padres. Para eso me concibieron, ¿no?

—Lo mismo me pasó a mí hace muchísimos años y aquí estoy. Con el paso del tiempo te acostumbras. Después, cuando venga el día del Juicio, estaremos con Él, en el Paraíso.

—¿Qué Juicio? ¿Quién es Él? ¿Qué es el Paraíso?

—No te ha explicado nada tu guía.

—No. Me dijo, que cuando viniese a este lugar, tendría respuesta a todas mis preguntas sin necesidad de hacerlas.

—Así es. Mira hacia allá.

El alma miró hacia el relativo lugar que le decía aquél pequeño espíritu.　　Luz,　　color, música y paz, fue lo que percibió. Una masa etérea, pero luminosa, era lo que producía aquel estado de percepción,　nuevo para el alma. Entonces lo entendió. Aquello era Dios. Él era la Paz. Él era el Paraíso.

Sí, lo había comprendido. Pero, porqué él estaba en aquel lugar indefinido, y no estaba con Él. La figura del pequeño espíritu que le había acompañad había desaparecido como por ensalmo.

Sin embargo, una voz más grave, pero dulce y armoniosa, le contestó:

—Estás aquí por designio mío. Como los millones de almas que te acompañan en este momento. Almas como tú. De niños sin bautizar, y que hasta el día del Juicio no determinaré el lugar que les corresponde, si la Gloria u otro lugar.

El alma de David iba entendiendo todo lo que le decía la voz sin necesidad de haberlo visto antes. Sin que nadie le explicara que era la Gloria o el Infierno, y preguntó de nuevo:

—¿Y si yo no he tenido oportunidad de ser ni bueno ni malo? ¿Si no he tenido oportunidad de que me bautizasen? ¿Si no he tenido oportunidad de decidir por mí mismo? ¿Por qué se me confina en este lugar? ¿Por qué no puedo estar con mis padres?

—Porque tu cuerpo ya no existe. Ha muerto.

—Sí, pero no por decisión mía –dijo el alma.

—Es cierto. Pero, cuidado, te estas comportando todavía como un humano, y no como el espíritu que eres.

—Es que yo no quiero ser un espíritu. Quiero volver a ser humano. Quiero estar con mis padres. Mi madre me necesita. ¡Míralos! Mira su tristeza. Mi madre está desconsolada. No podría bajar otra vez y ayudarles, aunque no tenga cuerpo.

—¿Si ése es tu deseo? Ve con ellos. Pero quiero que sepas, que no les podrás hablar, y si lo haces no te oirán. No les podrás tocar, aunque podrás percibir todas sus emociones y te sentirás incómodo por no poder hacer nada.

—¡Gracias! ¿Cómo debo llamarte?

—Me llaman por muchos nombres, pero Yo soy La Creación.

—Junto al alma se abrió un nuevo halo de luz, que se dirigía hacia ningún lugar, e instantes después le envolvía. Cuando se quiso dar cuenta, se encontraba otra vez flotando sobre el pequeño cuerpo que había abandonado hacía unas horas.

Ahora, gentes extrañas lo estaban envolviendo en un sudario blanco y colocando en un pequeño ataúd del mismo color. Intentó introducirse en el cuerpecillo que había abandonado contra su voluntad, para devolverlo a la vida, pero no pudo. Después lo introducían en un vehículo fúnebre y emprendían la marcha hacia el cementerio. Vio que su madre lloraba desconsolada.

—¡Dios!, por qué me lo has quitado —se preguntaba la madre entre lágrimas.

Minutos después, se encontraban en el cementerio e introducían el ataúd en un nicho y éste era sellado con ladrillos y puesto una pequeña lápida indicando su nombre y la fecha del fallecimiento.

Se acercó primero a su madre. Intentó abrazarla. Pero su etérea figura se desdibujó, atravesando el cuerpo materno. Le habló para consolarla pero no le oyó. Y lo mismo le pasó con su padre.

Las gentes que habían acompañado su féretro hasta el cementerio se fueron marchando del lugar y sólo quedaron sus padres y la madre de su madre, su abuela. Se quedaron sentados en un banco de madera frente al nicho donde habían colocado el féretro. El alma, inquieta, impotente, rondaba entre ellos.

—¿Por qué no puedo hacer nada? —se preguntó el alma.

La voz del Creador sonó de nuevo en los oídos del alma. Nadie más lo oyó:

—Porque ése es el destino que tú has elegido.

Al cabo de unos minutos, los tres se levantaron del banco y reemprendieron la marcha hacia la salida del cementerio.

Esa noche el matrimonio lo paso prácticamente en vela. Y otra noche. Y otra. No había conversaciones entre ellos, sólo pensamientos hacia su hijo muerto. No había lágrimas. Se habían secado. Sólo la tristeza interior que afloraba en los rostros. Hasta su hermanita de cinco años había acusado la pérdida. Ella no entendía, pero sabía que su madre había llevado en su abultado vientre a un hermanito con el que podría jugar. Sabía que su madre había perdido su vientre y con él a su hermanito. Y a la hora de dormir, se agitaba inquieta, continuamente moviéndose a izquierda y derecha, con los brazos como si sujetase a un niño, acunándolo, mientras un sonsonete continuo la acompañaba en su intranquilo sueño. Esta actitud incontrolada no la abandonaría hasta años después. Y un día, sin saber por qué, dejo de hacerlo. A partir de entonces, en incontadas ocasiones, se iban a dar extraños casos de comportamiento entre los padres. En cualquier lugar y por cualquier motivo, uno de ellos pensaba algo o en algo, y el otro, como si lo hubiese escuchado en voz alta, contestaba dando respuesta al pensamiento que había tenido su pareja. Ambos se extrañaban. La compenetración entre ambos era total. Y el alma se encontraba feliz. Por fin había podido hacer algo por ellos. Poco a poco la tristeza por la muerte del pequeño David fue desapareciendo. La vida seguía y había que hacerle frente. Pero no había ni un solo día en que la madre no tuviese un recuerdo para su pequeño ausente. El padre, por carácter, era de otra manera, pero ello no implicaba que no se acordase. El alma continuó estando siempre cerca. Percibiendo la vida de sus padres, aunque no podía influir en ella. Nueve años después, la mujer le volvió a decir a su marido, llena de temor:

—Estoy embarazada otra vez.

—¿Qué piensas hacer? —preguntó de nuevo el hombre.

—Por supuesto, tenerlo. Pero me pondré en manos de los médicos de la ciudad sanitaria. Hablaré con el médico de cabecera y le explicaré mi caso con los otros embarazos. Le pediré que me hagan todas las pruebas necesarias.

Ocurrió tal y como había previsto la mujer. Se le remitió al hospital que había dicho la mujer. Los ginecólogos le hicieron todas las pruebas necesarias y determinaron que el problema era debido a una enfermedad, generalmente, contagiada por los animales de compañía, que se llamaba toxoplasmosis, y la consecuencia era, que el útero, una vez alcanzado cierto peso y volumen, no aguantaba más, y adelantaba el parto.

Se le puso tratamiento adecuado, se le recomendó reposo, o por lo menos, todo el que pudiese observar. Pero a pesar de todo, el nuevo parto se presentó a los siete meses del embarazo. De nuevo la angustia. ¿Nacería bien? Los médicos le habían dicho que era una niña. Le tendrían que hacer una cesárea otra vez. No iban a dar lugar a retrasar el parto.

El alma había estado durante este tiempo aceptando el destino que ella misma había pedido, sin una sola queja. Pero con este nuevo embarazo se le presentaba una nueva oportunidad.

—Oye, Creador. No me podrías permitir que ocupase el cuerpo de la niña que va a nacer. Así podría ver cumplido mi deseo de estar de nuevo con mis padres. ¿No te parece?

No es ése el destino de las almas, y aunque tu caso no es distinto del de otras en las mismas circunstancias, por tu constancia te voy a permitir que te reencarnes en el cuerpo de la niña que va a nacer. Si ése es tu deseo, esta vez, todo irá bien.

La mujer estaba ya preparada en el quirófano. Como la vez anterior, el médico inició el corte de la piel, grasa, músculos, peritoneo y útero. Extrajo con sumo cuidado el pequeño cuerpo inerte de la niña y procedió a cortar el cordón umbilical. El alma, que no había dejado de observar la operación desde su privilegiado puesto a cierta altura, se precipitó hacia el pequeño cuerpo de la niña, en el momento en que el médico colocaba las pinzas en el cordón para proceder a cortarlo.

Sin pensarlo más, la etérea esencia, se introdujo en el cuerpo adoptando su forma. Un espasmo sacudió el cuerpecito de la recién nacida, y un llanto casi rabioso brotó de su garganta. Al fin lo había conseguido –pensó el alma desde el cuerpo de la niña.

Un segundo después, el alma dijo:

—¡Gracias, Creador! Y en un instante, olvidó todo lo acontecido hasta entonces.

La mujer, cuando despertó de la anestesia, una vez en su habitación, le dijo a su marido:

—Ésta va a ser la alegría de nuestra vejez. Sólo siento, que David no esté con nosotros.

Pero se equivocaba la mujer. David sí que está con ellos desde hace muchos años.

Francisco Casero Viana, nace en Valencia en 1945. Su niñez se desarrolla en un ambiente de postguerra civil y dictadura. Estudia en la escuela pública San José, perteneciente a los Jesuitas, para estudiar bachillerato en el Instituto Luis Vives de Valencia. Terminados sus estudios medios se incorpora al negocio de su padre como agente comercial, profesión que mantendrá durante los siguientes veinte años, excepto en el periodo de su servicio militar.

Se casa con Dolores a los 25 años. Tiene cinco hijos en un matrimonio que dura ya 49 años, de los que le perviven sólo tres mujeres.

El en año 86 pasa a formar parte de una multinacional española, desempeñando el cargo de delegado comercial y jefe de área. Durante ese periodo de tiempo desarrolla numerosos cursos de ventas, psicología aplicada a las mismas, dirección de vendedores y marketing aplicado a grandes cuentas.

En la actualidad se encuentra jubilado, pero siendo amante de las buenas letras, ha escrito varias novelas de ficción con componente histórico, todas ellas basadas en una exhaustiva investigación para ser lo más veraz posible sobre las situaciones vividas en aquellas partes de la Tierra en las que se desarrollan los hechos de cada una. DESDE LA TERRAZA, es una novela en la que se relata la vida de cuatro médicos de diferentes nacionalidades, en el hospital de un campo de refugiados, durante la guerra de Ruanda, de la que ha obtenido inmejorables críticas por parte de los lectores. La trilogía MUYAHIDÍN está compuesta por las obras, MUYAHIDÍN, LA IRA DE ALÁ Y BANDERA FALSA/ TERRORISMO DE ESTADO. Obras de rabiosa actualidad debido a los ataques que los islamistas radicales realizan casi a diario en cualquier país del planeta, teniendo como argumento, la primera de ellas, la radicalización de Osama Bin Laden y su implicación con los servicios secretos norteamericanos; la segunda, relata el ataque a las torres del World Trade Center de Nueva York, en una historia trepidante, y con todo lujo de detalles sobre los terroristas, aviones, agentes del FBI y dos investigadores privados; y la tercera, detalla, a través de informes oficiales y oficiosos de profesores universitarios de diferentes países, técnicos en construcción y armamento, la presunta culpabilidad del gobierno Bush, en un auto ataque a las Torres Gemelas de Nueva York, con el único fin de justificar ante su opinión pública, la guerra de Irak y los bombardeos a Afganistán.

Su novela EN UN IMPERIO OLVIDADO, la última que ha escrito, relata las aventuras de un joven vasco, en las colonias de Nueva España, en el siglo, XVII. Una novela llena de emoción por sus batallas navales, amores y luchas contra los indios americanos para encontrar una vida mejor que la que vivía en España. Portada al óleo del pintor realista José Ferre Clauzel, editada por Alexia Jorques

Printed in Great Britain
by Amazon

50338624R00020